AF503320

BARREAU DE PARIS

DISCOURS

PRONONCÉ

PAR

M. BUSSON BILLAULT

BATONNIER DE L'ORDRE DES AVOCATS

A L'OUVERTURE DE LA CONFÉRENCE

Le 27 Novembre 1909

IMPRIMÉ AUX FRAIS DE L'ORDRE

PARIS
ALCAN-LÉVY, IMPRIMEUR DE L'ORDRE DES AVOCATS
117, RUE RÉAUMUR, 117

1909

à Monsieur le Conseiller Bertulus
affectueux hommage
[illegible]

DISCOURS

PRONONCÉ PAR

M. BUSSON BILLAULT

BATONNIER DE L'ORDRE DES AVOCATS

A L'OUVERTURE DE LA CONFÉRENCE

Le 27 Novembre 1909

BARREAU DE PARIS

DISCOURS

PRONONCÉ

PAR

M. BUSSON BILLAULT

BATONNIER DE L'ORDRE DES AVOCATS

A L'OUVERTURE DE LA CONFÉRENCE

Le 27 Novembre 1909

IMPRIMÉ AUX FRAIS DE L'ORDRE

PARIS
ALCAN-LÉVY, IMPRIMEUR DE L'ORDRE DES AVOCATS
117, RUE RÉAUMUR, 117

1909

BARREAU DE PARIS

DISCOURS

PRONONCÉ PAR

M. BUSSON BILLAULT

BATONNIER DE L'ORDRE DES AVOCATS

A L'OUVERTURE DE LA CONFÉRENCE

Le 27 Novembre 1909

Mes chers Confrères,

Une aimable coutume régnait jadis dans nos vieilles maisons françaises. Chaque année, les vendanges faites, tous les parents se réunissaient, autour de l'aîné. Un service était célébré à l'intention des défunts ; on présentait à l'assemblée les jeunes gens devenus majeurs, l'arbre généalogique était mis au point, les intérêts communs, les événements intimes survenus depuis la dernière rencontre faisaient l'objet d'un entretien sérieux. Puis on se mettait à table et la journée s'achevait dans la joie.

Notre Ordre, vous le savez, forme une véritable famille dont la grandeur et l'ancienneté ne le cèdent à aucune autre ; il avait dès longtemps adopté cet usage ; son amour constant du progrès sait garder le respect des saines traditions ancestrales, et depuis des siècles l'approche de l'hiver voit revenir cette heure où se renouvellent, à peine transformés, les rites d'autrefois.

Le banquet, il est vrai, n'a plus lieu. Pourquoi ? Probablement parce qu'il était obligatoire. Un arrêt du Parlement du 7 mai 1501 frappa même d'une amende un confrère qui avait négligé de s'y rendre. Les avocats n'ont jamais aimé la contrainte surtout en matière de plaisir. Cet épilogue a disparu du programme ; d'aucuns le regrettent. Le prochain centenaire de notre renaissance nous permettra peut-être de le rétablir, au moins pour un soir.

Mais le reste subsiste. Nous voici presque au complet. Toutes les générations sont représentées. Vos anciens, chargés d'honneurs et de gloire, ont déserté l'audience, quitté leurs illustres compagnies pour vous témoigner leur sollicitude ; et celui que la trop indulgente affection de ses confrères a mis à la tête de l'Ordre vient, avec une émotion que dépasse seule la reconnaissance, fêter la jeunesse et honorer les morts.

C'est le propre de la nature humaine de donner

le pas à la joie sur la douleur et l'usage, une seule fois interrompu, s'est établi de jeter avec bonheur les regards devant nous avant de les reporter tristement en arrière.

Je m'y conforme volontiers. J'ai hâte de vous souhaiter la bienvenue dans ce Palais, de vous en faire les honneurs, de vous donner les indications nécessaires pour organiser votre vie ou pour trouver au moins, dans cette hospitalière demeure, un séjour profitable.

Car tous vous ne rêvez pas les mêmes destinées. Dans vos rangs d'apparence homogène, je perçois déjà trois groupes distincts :

Le premier se compose de ces nombreux jeunes gens qu'une impérieuse vocation n'a pas conduits au sortir du collège dans les Ecoles Spéciales où vers ces travaux particuliers que réclament le métier des armes, la médecine, les sciences pures et appliquées, le négoce, l'industrie. Ils ont estimé avec raison que dans un pays où nul n'est censé ignorer la loi, il est bon de la connaître. Ils ont pensé que cette étude et le diplôme qui la couronne leur ouvriraient beaucoup de portes, celles de la diplomatie, des consulats, des administrations publiques et particulières ; que l'existence en serait facilitée, même pour ceux qui comptent ne rien faire. C'est, soit dit en passant, la seule carrière que je me permettrai de déconseiller. Puis, reçus à la licence, ils ont voulu prendre pour un temps la qualité d'avocat. Je les en félicite. Pour leur bien, je leur demande d'accomplir sérieusement ce stage qu'ils vont faire ; ils y prendront des lois, une connaissance plus complète, plus vivante. En s'initiant aux affaires, cette science compliquée dont notre profession n'a pas le monopole, ils acquerront des principes et des méthodes qui leur seront d'un grand secours dans toutes les circonstances de la vie. Ils s'exerceront à l'art de la parole qui, dans notre pays, tient une si grande place. Leurs vues deviendront plus hautes, leurs idées moins étroites. La libre discussion, la tolérance politique et religieuse, le respect de l'opinion d'autrui leur deviendront familiers ; ils contracteront enfin vis-à-vis du client, surtout du client malheureux, des habitudes de dévouement, de patience, de bonne grâce qu'ils tiendront à conserver — je parle aux futurs fonctionnaires — lorsque ce client sera devenu pour eux : à l'étranger, « un de nos nationaux » ; à l'intérieur « un contribuable, un redevable, un « simple administré ».

Ce sera pour tous un grand bienfait. Ils nous paieront de retour en nous donnant l'occasion d'applaudir aux succès qui les attendent dans les postes divers où notre souvenir leur sera fidèle.

Ils voudront aussi nous rendre justice devant ce grand public qui, nous connaissant si peu, nous juge parfois si mal ; ils témoigneront de ce qu'ils auront vu. Ils pourront dire que pas un indigent, pas même un faux pauvre — ils sont nombreux — n'a recours à nous sans recevoir immédiatement, à titre absolument gratuit, le conseil et le défenseur nécessaires.

Ils pourront ajouter que le nombre de ces demandes va toujours croissant ; qu'il s'est élevé pendant la dernière année judiciaire à 5.740 pour les consultations gratuites, à 7.621 pour les affaires d'Assistance Judiciaire, à 10.880 pour les affaires correctionnelles et criminelles, à 3.366 pour les jeunes détenus, soit un total de 27.607 clients. Il leur sera facile de proclamer, avec une conviction fondée sur l'expérience, le dévouement du Barreau.

D'autres nous quitteront, pour suivre la route parallèle. Si nous croyions la géométrie, nous ne devrions jamais les rencontrer. Ce serait une erreur : les lois mathématiques elles-mêmes doivent être interprétées. Deux parallèles peuvent être juxtaposées ; elles ne se coupent pas, mais ne s'éloignent jamais l'une de l'autre. Et si leurs points de départ et d'arrivée sont voisins ou mieux encore communs, elles sont bien près de se confondre.

La Magistrature et le Barreau partent du stage. Leur terme est la justice. Ce sont les deux voies, d'une même ligne ; parfois même, il se trouve en cours de route des aiguilles qu'on appelle les fluctuations politiques ; elles transbordent, d'une façon plus ou moins douce, d'un rail sur l'autre.

J'attends de nos futurs magistrats une assiduité exemplaire à tous nos exercices.

Durant les anciens jours ce n'était qu'après une longue période consacrée au Barreau que l'on acquérait le redoutable droit de juger et condamner ses semblables. Il suffit aujourd'hui de deux ans. Votre intérêt vous conseille de les bien employer. votre conscience vous en fait un devoir. C'est la préparation indispensable aux graves fonctions que vous aspirez à remplir.

Le temps n'est plus où des difficultés passagères surgirent entre le siège et la Barre. Nous ne sommes pas revenus aux jours des Parlements où le Ministère Public que l'on appelait alors les Gens du Roi était exercé par des avocats plaidant par ailleurs toutes causes où le Monarque n'était pas intéressé, où nous portions la robe rouge, où nos anciens recevant les honneurs de la séance sur les fleurs de lys étaient appelés à donner leur avis dans les grandes causes. Mais une entente parfaite règne, faite de respect d'une part, de déférence de l'autre, d'une mutuelle estime, et la vie s'écoule au Palais, heureuse et facile, pour le plus grand bien de tous ceux qui ont affaire en justice.

En remplissant avec zèle, pendant ces quelques

mois, tous nos devoirs, vous en connaîtrez le poids. Devenus magistrats, vous partagerez en connaissance de cause, la considération de vos collègues pour vos anciens confrères, dont ce sera souvent, avec le sentiment du devoir accompli, l'unique récompense.

Et si vous vous trouvez parfois en présence d'une contradiction trop vive ou d'une défense un peu âpre, vous vous rappellerez les journées passées à l'instruction, les interminables expéditions faites aux dépens de votre bourse, à la Santé, à Saint-Lazare, à Fresnes, les longues heures d'attente pour une plaidoirie de quelques minutes, le désir légitime de faire triompher sa cause, de voir acquitter le client dont on reste le seul espoir ; et, sans efforts, vous serez indulgents.

Dois-je prêcher l'exactitude à vous enfin, mes chers confrères, qui voulez faire de notre vie la vôtre et rester fidèles jusqu'au dernier jour ? Je croirais vous faire injure et sans tarder davantage, je vous apporte les conseils que je vous dois, leur seul mérite sera d'être pratiques.

Vous venez de prêter le serment d'avocat, d'obtenir l'admission au stage, vous avez pris votre rang ; il ne vous sera plus enlevé. Je vais vous surprendre : commencez par vous éloigner de nous ; accomplissez, si ce n'est fait déjà, votre service militaire ; une suspension de stage vous sera de droit accordée. Acquittez cette dette joyeusement, sans différer. Rendus à la vie civile, revenez toucher barre, mais quittez-nous pour deux ans encore ; cette fois la séparation ne sera que nominale: demandez un nouveau congé, qui ne vous sera pas refusé, allez dans une étude d'avoué, apprendre la procédure que vous savez peu, la pratique des affaires, que vous ignorez complètement. Vous trouverez là un enseignement que vous chercheriez vainement ailleurs, même dans le cabinet d'un ancien. Vous y nouerez des relations utiles.

Cet apprentissage préliminaire terminé, nous saluerons votre retour. Vous serez mûrs pour l'éducation professionnelle.

N'attendez pas de moi une définition dogmatique de notre état. Elle a été donnée tant de fois, de façon si grandiose qu'il serait inutile et téméraire de vouloir la renouveler. Elle comporte aussi certains éloges à l'égard de la profession. On a senti que dans la bouche d'un adepte elle perdait un peu de sa force. L'habitude s'est prise de la demander à d'autres auteurs. Le plus souvent d'Aguesseau s'est vu chargé de ce soin : avec raison. Le portrait qu'il trace de l'avocat, dans sa fameuse Mercuriale de 1698 peut soutenir la comparaison avec les plus célèbres toiles des peintres ses contemporains, Lebrun et Rigaud ; il en a l'éclat et la majesté. Je voudrais, pour varier, faire passer sous vos yeux un simple croquis, un peu moins connu, plus rarement reproduit, ce qui ne laisse pas que de surprendre, car il figure dans une galerie des plus fréquentées : les *Caractères* de La Bruyère. Le célèbre moraliste fut des nôtres, mais bien peu de temps. La bienveillance n'est pas sa qualité maîtresse. Ses contemporains lui reprochaient sa manière caustique. On emploierait aujourd'hui une épithète plus... cavalière.

Vous relirez avec intérêt ce qu'il dit de nous :

« La fonction de l'avocat est pénible, laborieuse et suppose chez celui qui l'exerce un riche fonds et de grandes ressources... Il prononce de graves plaidoyers devant des juges qui peuvent lui imposer silence et contre des adversaires qui l'interrompent. Il doit être prêt sur la réplique ; il parle en un même jour, dans divers tribunaux, de différentes affaires. Sa maison n'est pas pour lui un lieu de repos et de retraite, ni un asile contre les plaideurs. Elle est ouverte à tous ceux qui viennent l'accabler de leurs questions et de leurs doutes... Il se délasse d'un long discours par de plus longs écrits, il ne fait que changer de travaux et de fatigues... »

Tous ces traits sont exacts, c'est à cette vie de travail que le stage doit vous conduire.

Ne croyez donc pas, comme certains l'ont pensé,

qu'il consiste à donner dans l'antichambre une signature hebdomadaire, à écrire deux fois l'an — quand on l'écrit — une lettre d'excuses à son président de colonne.

Non. C'est une école d'application, sérieuse, où vous trouverez les ressources indispensables pour faire de vous un avocat digne de ce nom.

Sa première règle, on l'oublie trop, est la fréquentation du Palais. Elle est essentielle. Rien qu'en y passant quelques heures chaque jour, vous vous trouverez bien vite imprégnés de cette atmosphère spéciale qui depuis si longtemps flotte entre ses vieux murs. Le fer des démolisseurs, la flamme des incendies n'ont pu la dissiper. En la respirant, presque sans vous en douter, vous recueillerez à pleins poumons ces ferments de justice, d'éloquence et d'honneur qu'ont laissés derrière elles tant de générations glorieuses. Vous vous les assimilerez. Et ce sera déjà beaucoup.

Vous pénétrerez dans les chambres. Je ne vous reprocherai pas le cas échéant, d'assister aux débats d'un procès retentissant, voire scandaleux ; le scandale peut être une école, et je ne veux pas leur prêter l'attrait du fruit défendu. Mais vous y donnerez l'exemple du respect dû à la Justice, et n'en ferez pas l'unique objet de vos visites ; vous emploierez le meilleur de votre temps à écouter, surtout dans les affaires civiles, les grands Maîtres qui sont notre orgueil. Ce sera pour vous le plus sûr des enseignements.

Vous n'entendrez pas qu'eux ; chez des confrères plus modestes vous trouverez d'excellents exemples. Peut-être même au début vous seront-ils plus utiles. L'intelligence la plus déliée ne s'élève pas du premier coup à certaines hauteurs ; il faut savoir admirer le talent avant de comprendre le génie.

Si, par un hasard bien improbable, par une malechance extraordinaire, vous assistiez à une mauvaise plaidoirie, ne vous désolez pas outre mesure. Tous ne peuvent pas être également bons tous les jours, et une éducation complète n'enseigne pas seulement les qualités à rechercher ; elle doit montrer aussi les défauts à fuir.

Vous ne suivrez pas que les audiences. Avant de plaider, il faut consulter. C'est parfois plus difficile. Vous prendrez une part active aux consultations gratuites si largement réorganisées il y a quatorze ans par l'éminent bâtonnier dont vous allez entendre l'éloge. Là vous ferez bénéficier les pauvres des connaissances par vous acquises à l'école et dans les études. Vous apprendrez l'art délicat d'interroger le client, de dégager la vérité d'erreurs plus ou moins volontaires, puis d'indiquer la marche à suivre. Vous hésitez ? Rassurez-vous ; la présence de deux confrères, l'assistance d'un ancien vous soutiendront au moment difficile.

Vous avez entendu plaider, suivi des consultations, mais au hasard,par fragments sans qu'il vous ait été donné de suivre une affaire. Il vous faut maintenant travailler l'ensemble et solliciter votre entrée dans le cabinet d'un ancien. La tâche de l'avocat vous apparaîtra dans son entier. Vous suivrez un même procès de la genèse au dernier jugement. Vous ferez l'étude du dossier, vous assisterez aux rendez-vous ; vous préparerez même une plaidoirie. Les notes de votre patron, les débats à l'audience seront le corrigé de ces travaux pratiques.

Le moment est venu de prendre la parole à votre tour. Dans ces conférences particulières où la jeunesse se montre indulgente pour des débuts qu'elle a connus la veille ou qu'elle affrontera le lendemain, vous avez pris l'habitude de donner aux mots l'allure de votre pensée, d'entendre dans le silence des autres, quand ce n'est pas dans leur bruit, le son de votre propre voix.

Inscrivez-vous au Secrétariat. Le Bâtonnier vous confiera des dossiers criminels et civils, modestes d'abord. Leur importance grandira vite avec le zèle et le talent que vous saurez leur consacrer.

L'assistance judiciaire vous mettra bientôt aux prises avec des adversaires éprouvés. Votre délicatesse pourrait ressentir quelques scrupules. Eloignez-les. Il n'est pas un avocat capable de vouloir profiter de l'inexpérience d'un confrère ; la qualité même de vos clients vous crée une situation presque privilégiée. Sans jamais s'écarter de la Justice, les tribunaux prêtent une attention particulière aux infortunes que vous avez mission de leur faire connaître et leur sollicitude avisée compensera, soyez-en sûrs, l'inégalité que vous pourriez craindre. Ayez confiance. Vous serez particulièrement bien accueillis quand vous vous présenterez au nom des pauvres surtout si vous apportez de l'exactitude et du soin.

Ces travaux facultatifs, mais indispensables, seront complétés par l'acquit de vos obligations réglementaires.

Notre loi écrite vous en impose deux : les réunions de colonnes et la Conférence ; elle fait avec raison un devoir impérieux d'y assister, sous peine de déchéance.

Les réunions de colonne du Stage se tiennent deux fois par an, la charge en est légère. Un membre du Conseil vous y fait connaître les règles fondamentales de notre Ordre, les interprétations dont elles sont susceptibles. Il vous enseigne vos devoirs envers les Magistrats, envers vos clients, vos confrères et vous-mêmes. Il vous éclaire sur les cas si troublants que présente souvent notre carrière. Il répond à toutes les questions, calme les inquiétudes, rassure les consciences. Sa bienfaisante tutelle ne finit pas avec l'heure qui nous rassemble ; votre Président reste en toute circonstance avec le Bâtonnier, votre conseil et votre appui.

Votre présence à ces courtes séances est indispensable ; le Conseil se montre à bon droit très rigoureux sur ce point.

Chaque samedi la Conférence vous ouvre ses portes ; n'hésitez pas à les franchir. Venez d'abord écouter les plus distingués d'entre vous rivaliser d'éloquence, pour obtenir le titre si justement envié de Secrétaire. Il suit celui qui l'a conquis pendant sa vie entière, il crée entre ses bénéficiaires une solidarité, une camaraderie qui trouvent le moyen de surenchérir encore sur notre confraternité. Ouvrez le livre qui renferme leurs noms, il en est bien peu qui n'aient jeté un vif éclat sur le Barreau, la Magistrature, l'Administration, la Politique.

Tenez donc à compter dans leurs rangs. Ne vous laissez pas troubler par cette légende suivant laquelle la Conférence serait l'auditoire le plus difficile à satisfaire. Les discours qu'elle entend d'habitude lui donnent le droit d'être exigeante, mais sa faveur est acquise à toutes les bonnes volontés.

Après vous être entraînés sur des scènes plus modestes, forts d'une préparation sérieuse, présentez-vous sans crainte. Ne prétendez pas réussir dès le début. Persévérez. Aguerris par une première rencontre, retournez au combat ; même si vous n'emportez pas la victoire, la lutte est si noble que c'est une gloire d'y avoir pris part avec honneur. On vous a dit, l'an dernier, avec un charme que nous n'avons pas oublié, l'histoire de la Conférence. On vous a conté ses grands jours d'autrefois, fait revivre ces « conférences de doctrine » auxquelles les magistrats eux-mêmes voulaient assister, parfois même prendre part.

Nos réunions sont plus modestes, mais je me hâte de dire que le travail et le talent qui s'y dépensent peuvent soutenir la comparaison avec les plus brillants souvenirs.

Un seul élément leur manque : une assistance plus nombreuse. L'abandon de nos anciennes habitudes en est seule responsable. Pour laisser au Barreau l'usage de la bibliothèque, la Conférence, depuis quelques années, s'est tenue le matin. Certains monuments réclament les rayons du soleil levant ; d'autres exigent la lumière plus ardente de l'astre au zénith. Le Palais de Justice compte assurément parmi ces derniers. Il trouve, avant midi, peu d'admirateurs. L'essai généreux, mais éphémère, des audiences d'aurore, est venu le prouver. Alors que certaines chambres ferment souvent après six heures, que des instructions se poursuivent jusqu'à 9 heures du soir, comment demander aux magistrats, aux avocats, de reprendre à l'aube le service public ?

Nous ne réclamons pas la journée de huit heures. Elle serait bien insuffisante ; mais le travail du Palais est la moindre partie de notre labeur. Sur le siège, comme à la Barre, nous savons les journées de préparation qu'exigent souvent une plaidoirie de quelques heures, un arrêt dont la lecture ne demande que de courts instants.

La persévérance de mes prédécesseurs, l'influence de M. le Premier Président, la bienveillance des pouvoirs publics nous ont dotés, l'an dernier, de cette salle grandiose. Sans faire tort à personne, reprenant l'heure traditionnelle, nous l'occuperons « l'après-disnée », au sens où l'employait le bon Loisel. Vous viendrez plus commodément, dès lors plus nombreux. Nos orateurs parleront devant une Assemblée vibrante, et les anciens, qui, jadis, aimaient tant à revivre quelques instants de jeunesse, la trouvant réunie, reprendront, eux aussi, le chemin de la Conférence. Ce sera pour elle un renouveau d'éclat et de vie.

L'avocat ne vit pas seulement de droit. Les procès germent sur toutes les branches de l'activité et aussi de la paresse humaine. Nous ne pouvons pas ne rien ignorer, nous devons être aptes à tout apprendre. Vous occuperez les loisirs de votre noviciat en perfectionnant une culture générale qui vous permettra de faire face à toutes les exigences d'une profession si complexe.

Vous serez fidèles aux bonnes lettres, ces compagnes inséparables de nos travaux. Ne leur empruntez pas, pour couvrir un mannequin inerte, des ornements surannés. Apprenez d'elles, au contraire, à parer discrètement une pensée bien vivante d'un vêtement qui lui siée, dont la forme gracieuse allège et facilite sa marche, au lieu de l'alourdir.

Vous reverrez souvent nos vrais classiques, votre maturité y goûtera un plaisir que vos études ne vous avaient fait que peu ou point connaître. Loin de vieillir, ces éternels modèles semblent devenir chaque jour davantage le type parfait auquel aspirent les véritables écrivains.

Vous lirez aussi les modernes. Ils vous apporteront, avec de remarquables exemples de style, des tableaux de la vie qui pourront vous surprendre. Gardez vos étonnements pour les réalités que la profession vous fera rencontrer. Elles dépassent souvent ce que les plus audacieux romans ont pu concevoir. On ne peut donc blâmer cette initiation nécessaire.

Rire est sain. Ne méprisez pas les auteurs joyeux. Mais, de grâce, ne souillez pas vos esprits au contact d'œuvres purement malsaines, écartez impitoyablement celles où ne brillent ni l'esprit ni la valeur littéraire.

Si vos goûts vous y portent, poussez aussi loin que possible l'étude des sciences. Vous y trouverez, dans bien des cas, les éléments d'une incontestable supériorité ; elles donneront à votre intelligence la précision, la rectitude qu'elles réservent à leurs initiés.

Votre diplôme de bachelier atteste que vous savez au moins une langue vivante. En est-il très sûr ? Donnez-lui raison en tenant les promesses dont il a bien voulu se contenter. Allez surtout, les voyages sont devenus si faciles, vous perfectionner aux pays d'origine. Là, ne vous contentez pas d'admirer les merveilles classées ; tâchez d'en découvrir de nouvelles. Efforcez-vous de connaître le peuple que vous visitez, de pénétrer ses mœurs, ses lois, ses institutions judiciaires. Vous reviendrez, l'œil agrandi par la contemplation de plus larges horizons. Votre clientèle pourra s'accroître parmi ces étrangers, curieux de nos plaisirs, ces sociétés, avides de nos capitaux, que Paris voit affluer chaque jour en plus grand nombre. Tous seront heureux de trouver un avocat français parlant leur langue et connaissant leurs lois.

Aimez les arts. Vous puiserez, à cette source pure, des jouissances infinies. Ils évoqueront en vous de nobles conceptions. Vous connaissez les admirables pages que le génie des peintres, des sculpteurs, des architectes même, ont inspirées. Et si, pour votre bonheur, vous vibrez au contact de l'harmonie, abandonnez-vous. Vous sentirez passer un souffle de grandeur dans votre âme aux œuvres magistrales de Hændel, Glück, Beethoven, dans votre cœur un frisson de tendresse aux suaves mélodies de Mozart et de Gounod.

Le Palais lui-même vous encourage dans cette voie. La patience, le goût d'un groupe de confrères épris d'art, ont permis à l'Ordre de vous présenter une collection de tableaux, de bustes, d'estampes, et surtout de manuscrits, d'un intérêt considérable. Vous y trouverez de délicats sujets d'étude (un remarquable exemple vient de vous être donné cette semaine), une élégante distraction aux heures inoccupées. Vous voudrez, en retour, si le hasard des découvertes vous favorise, apporter à ce fonds commun votre tribut personnel.

L'initiative particulière vous offrira des réunions de peintres et de musiciens. Parmi tant d'autres mérites, elles comptent celui d'étendre à tous les membres de la grande famille judiciaire, le charme de notre confraternité.

Enfin, — mon audace, ici, ne connaît pas de précédent — je vous recommanderai les exercices physiques. Pour m'en excuser, je rappellerai la maxime antique qui conseillait de mettre un corps entraîné au service d'une âme vigoureuse, et j'invoquerai l'exemple d'un confrère que vous vous étonnez de n'avoir pas encore vu paraître à cette fête, il y manque rarement : Cicéron, c'est de lui que je parle, était homme de cheval et d'épée.

Faut-il remonter si loin ? Nombreux sont vos anciens qui trouvent, dans la fatigue matérielle, surtout prise en plein air, le repos intellectuel et moral.

Et si vous demandiez à nos deux vénérés doyens le secret de cette intangible jeunesse, qui fait notre admiration et notre joie, ils vous diraient la devoir, le plus jeune à sa passion de la chasse et de la terre ; l'aîné, à ses incessantes randonnées par les monts et les grèves.

Ma sincérité vous doit un dernier avis. Même avec ce programme, le succès n'est pas certain. En vain, aurez-vous travaillé longuement, acquis les connaissances les plus variées, révélé un talent considérable, une science consommée des affaires, forcé l'admiration de vos rivaux, si, à tant d'éléments de succès, ne vient s'en ajouter un dernier que nulle séduction ne peut attirer, qu'aucun art ne saurait retenir. Son humeur capricieuse lui a valu différents noms, toujours de consonance féminine ; les poètes l'ont appelé la fortune, les prosateurs, la chance ; nos contemporains la désignent d'un terme plus familier.

Ne vous découragez pas pourtant. Les ouvriers

sont nombreux, mais la moisson est grande. Elle augmente chaque année. C'est d'abord le fait des lois nouvelles. Sans oublier notre présence aux instructions, la fréquentation des justices de paix, naguère peu conseillée, indispensable aujourd'hui, en raison de l'extension de leur compétence, offre, surtout aux jeunes, un vaste champ de culture. La loi du 12 juillet 1905 a pris soin de nous y donner libre accès. Précédée de la loi de 1889 sur les Conseils de Préfecture, complétée par les lois de 1905 et de 1907 sur les Conseils de Prud'hommes, elle ne réalise pas encore complètement la pensée de l'ordonnance du 27 août 1830, suivant laquelle tout avocat inscrit au tableau peut plaider, sans avoir besoin d'aucune autorisation, devant toutes les Cours et tous les tribunaux du Royaume.

Une exception subsiste. Au rez-de-chaussée du Palais voisin, le Conseil de Préfecture nous reçoit sur le seul vu de notre robe. Au premier étage, le tribunal consulaire, malgré sa bonne volonté, ne nous offre pas le même accueil. Vérité en deçà — en deçà de l'escalier, — erreur au delà. Un projet de loi dispensant de procuration devant toutes les juridictions les avocats régulièrement inscrits à un Barreau, est déposé à la Chambre des Députés. Votre Bâtonnier fera son devoir ; mais il adjure tous ceux d'entre vous qui, dans les assemblées, la presse, l'opinion, exercent une influence, d'obtenir des pouvoirs législatifs la fin d'une anomalie préjudiciable surtout au public, car elle peut le priver, devant une juridiction importante, de ceux que les lois lui ont donnés comme défenseurs.

Une cause toute différente vient encore ajouter à nos travaux. Le département de la Seine tend à ne devenir qu'une cité ; partout, les bâtiments s'élèvent, insuffisants à contenir une population de plus en plus nombreuse. Les habitations, les usines, les banques, surgissent de toutes parts. Et cette immense poussée, en multipliant les rapports sociaux, étend encore l'œuvre de la justice.

Si, malgré tout, les dossiers restent rares, si le client se fait attendre, souvenez-vous que vous êtes légistes en même temps qu'avocats. Restez orateurs, devenez écrivains. Ne vous contentez plus de la critique des arrêts ou de l'exégèse de nos Codes. A côté de bien d'autres, encore inépuisées, une mine insondable vient d'être découverte.

La fécondité de ce jeune siècle enfante chaque jour des prodiges. Aucun temps ne fut si fertile en miracles. Le plus grand est la conquête de cet empire sans borne à peine effleuré depuis cent années. L'écriture, la voix même, dégagées du lien ténu, matériel pourtant, qui les rattachait à la terre, ont pu, libérées de toute tutelle, ignorantes des obstacles, traverser les espaces pour rejoindre, aussi rapides que la pensée, le voyageur égaré dans l'immensité de l'Océan.

L'homme s'est élancé à leur suite, non plus pour subir, pendant quelques heures, le caprice des vents, mais pour devenir leur maître. Porté au début par une force physique déjà connue, il ne demandait que la direction à sa propre industrie. Bientôt, il en obtenait davantage, et, par son seul secours, il s'élevait et se conduisait dans les airs comme les oiseaux étonnés qu'il trouvait sur son passage.

Ces inventions admirables vont bouleverser, dans un temps très prochain, bien des usages et des institutions. Un adage trop souvent cité dit, avec raison, que les lois ne sont rien sans les mœurs ; les mœurs, par contre, ne peuvent se passer de lois. Les nôtres devront suivre le souffle qui nous emporte. Que de problèmes à résoudre, de solutions à proposer ! Leur étude passionnante et fructueuse s'offre à vos esprits. Par vos discours, par vos écrits, préparez la cité future. Déjà, quelques audacieux se sont mis en route ; rejoignez-les. Je vous indiquerai même, si vous le voulez, un excellent point de départ. C'est ce malheureux article 552 du Code civil : « La propriété du sol emporte la propriété « du dessus et du dessous. » Il venait à peine de voir le jour que la loi de 1810 sur les Mines lui portait une rude atteinte. Après un siècle de répit, la loi du 15 juin 1906 sur les transmissions électriques venait provoquer chez lui de nouvelles angoisses. Elles n'étaient que trop justifiées. Son existence n'est pas compromise, mais elle subira de graves modifications que vos travaux pourront préparer.

Ce n'est là qu'une des questions soulevées ; leur variété est infinie. Le droit privé n'est pas seul en cause. Il y a le droit public, il y a surtout le droit des gens.

Vous avez reçu à la Faculté, nous avons reçu, devrais-je dire, car j'eus l'honneur d'être un de ses premiers élèves, l'enseignement d'un professeur dont les leçons, dépassant l'enceinte de l'école, sont recherchées du monde entier. Son autorité est si grande qu'au tribunal des Nations, la France le prend pour avocat quand les peuples ne le choisissent pas pour arbitre.

Montrez-vous dignes d'un tel Maître. Attaquez-vous résolument aux difficultés redoutables qui vont naître dans les relations internationales.

N'apportez pas seulement à ce travail votre connaissance du droit. Faites appel à l'esprit philosophique, au noble sentiment d'humanité. Le progrès scientifique doit amener un progrès moral.

Un projet généreux, réalisable, avait été conçu lors des fêtes de Champagne : la neutralisation de l'air dans les guerres futures. On en parle moins. Vous pourriez le reprendre. Il serait beau de vous faire les apôtres de cette idée, d'appeler à l'aide les penseurs, d'entraîner à votre suite les souverains et les hommes d'Etat, d'obtenir que cet immense domaine, dont la pacifique conquête a déjà fait trop de glorieuses victimes, ne devienne pas un champ de bataille, d'épargner à ce monde nouveau le sang et les larmes. Il en coule assez sur la terre, où je dois vous ramener pour accomplir notre pèlerinage auprès des tombeaux.

Le premier qui s'offre à nos regards est celui d'un chef qui nous a bien aimés. Nous le lui avons rendu. Et quand l'avant-dernière rentrée nous le montra, marqué déjà de la fatale empreinte, ce fut chez tous une consternation qui devait trop vite faire place à la douleur.

Ses origines ne semblaient pas nous le promettre. Fils, neveu de vaillants soldats, ALBERT DANET naquit à Privas, dans la maison familiale où l'on se retrouvait aux jours de vacances et dans les grandes circonstances de la vie. Dès qu'il put supporter le voyage, sa mère le ramena vers son père alors capitaine de grenadiers. La vie militaire était plus bruyante et moins sédentaire qu'aujourd'hui. Les changements de garnison se succédaient avec rapidité. En très peu de temps, le même régiment était envoyé de Dunkerque à Bastia, de Bayonne à Strasbourg... . . . .

Véritable enfant de troupe, Danet grandit au son des fanfares, dans le cliquetis des armes, à l'ombre du drapeau qu'il suivit pendant huit ans dans ses marches à travers la France et la Corse. Sa vocation était décidée : il serait officier.

Des études sérieuses ne pouvaient se concilier avec une existence aussi nomade. L'écolier rendu au sol natal, fut placé à portée de sa grand'mère au Lycée de Tournon. Il y séjourna dix années. Au cours de ce long internat, un deuil cruel vint, en le frappant, changer sa destinée. Un frère qui le précédait de quatre ans dans la vie, l'avait devancé à Saint-Cyr. La fièvre typhoïde l'y fit mourir en quelques jours. En présence de cette catastrophe, les malheureux parents supplièrent leur enfant, désormais unique, de ne pas les abandonner et de fuir cette école qui leur avait été si funeste. Il obéit, bien à regret. Cette bonne action devait, ce qui n'arrive pas toujours, recevoir sa récompense.

Brusquement détourné de son idéal, le jeune homme se demanda de quel côté porter son âme déjà haute et la soif de dévouement qui le tourmentait. Les souvenirs charmants d'un camarade de collège nous ont révélé la tendance enfantine qui fut le germe de sa résolution :

« Toujours enjoué, rapporte M. Anfran, toujours
« empressé à plaire, il était enchanté, lorsqu'il pou-
« vait éviter un ennui à ses camarades. Par là il

« en était chéri autant qu'il l'était d'ailleurs par ses « Maîtres. Une de ses meilleures joies était de « faire lever les punitions. Il y employait presque « toujours avec succès son instinctive éloquence, « déjà très pressante. »

L'armée lui faisant défaut, Danet ne pouvait être qu'avocat. Son père venait justement de prendre sa retraite et de se fixer à Paris. Avec cette décision et cet entrain qui devaient guider toute sa vie, il fit son droit. Reçu licencié, le 21 août 1868, il entrait au stage le 7 novembre suivant. Le 19 il plaidait trois affaires au Conseil de guerre et enlevait un acquittement.

La vue des uniformes familiers troublait moins ses débuts que l'aspect inaccoutumé de robes rouges ou noires. La confiance qu'il ressentait devant les tribunaux militaires était partagée par ses juges, heureux d'entendre le fils d'un camarade tenir un langage qui savait se rapprocher du leur. Il y connut ses premiers succès.

L'année 1870, durant laquelle Danet devait prendre une large part des maux communs, s'ouvrit en lui donnant le plus grand bonheur de sa vie : l'admirable compagne qui devait en être le charme. Devant elle, notre respect affligé ne peut que s'incliner en silence. Disons seulement que cette union le rattachait encore à l'armée.

La guerre séparait au bout de six mois ce ménage à peine formé. La famille entière était dispersée. Le jeune stagiaire dont le beau-père défendait Metz, combattit aux côtés de son père, rentré au service, sous les murs de ce fort d'Issy qui fut particulièrement éprouvé.

Les jours terribles enfin passés, il revint au Palais ; sa juridiction préférée acquérait, grâce à la Commune, une importance inattendue.

Presque chaque jour, prenant le chemin de Versailles, au bras de ses amis Bourdillon et Ferré, il allait défendre, avec un dévouement sans bornes, ceux qu'il avait vaillamment combattus, les ennemis de la veille, devenus les clients du lendemain.

Aguerri par cette pratique quotidienne, il recherchait les tribunaux civils, criminels, l'auditoire délicat de la Conférence. S'engageant dans la voie triomphale qu'il devait connaître toute entière, il fut nommé secrétaire en 1873.

La clientèle se fit nombreuse, attirée par la grâce, le zèle du brillant avocat. Sa tâche devint considérable. L'heure qui me presse ne me permet pas de rappeler, comme ils le mériteraient, ses succès dans ces grandes affaires criminelles qui passionnèrent l'opinion. Elles sont encore présentes à toutes les mémoires. Mais il faut se souvenir que là ne se borna pas sa gloire professionnelle. Sa parole vibrante plaida de nombreux et graves procès civils où l'honneur des familles se trouvait menacé.

Sa conscience exigeante, son irrésistible autorité en arrêtèrent encore davantage. Nul ne pratiqua mieux que lui cette mission conciliatrice que le public ignore, que la renommée néglige, mais que nous considérons justement comme un des plus beaux privilèges de notre état.

L'Ordre voulut profiter de si brillants mérites. En 1890, Danet entrait au Conseil ; le 3 juillet 1901, l'acclamation de ses confrères le portait au rang suprême ; il y devait donner toute sa mesure.

Dans son premier discours, s'adressant à ses chers stagiaires, le nouveau Bâtonnier s'écriait : « On peut vivre sans talent, on ne vit pas sans honneur. » Lui les avait reçus tous deux en partage ; mais il fit de l'un l'esclave de l'autre, et ne mit jamais son talent qu'au service de l'honneur.

Sa taille, plutôt moyenne, que relevait un effort constant, des traits fins et réguliers, des yeux dont la profondeur azurée semblait refléter les eaux limpides de sa chère Ardèche, le ton bref, le geste brusque, une moustache de grognard impuissante à dissimuler le plus gracieux sourire, donnaient une impression de fermeté et de bienveillance, de douceur et de force, qui était celle de la réalité.

Il les possédait bien, ces qualités essentielles au chef, et le prouva dans l'exercice de son pouvoir. Constamment sur la brèche, toujours prêt à défendre nos droits avec cette énergie calme que son élégante diplomatie savait faire accepter de tous, inflexible sur l'observation de nos règles, intraitable dans l'accomplissement de nos devoirs, compatissant aux faibles, particulièrement tendre envers les jeunes, accueillant pour tous, Danet nous prodigua, avec les ressources de son esprit si net, les inépuisables trésors qu'il portait dans son cœur.

Un moraliste amer a dit que les choses les plus souhaitées n'arrivent point, et que si elles arrivent, ce n'est ni dans le temps, ni dans les circonstances, où elles auraient fait un extrême plaisir.

Danet lui donna tort ; ce fut à l'heure où, portant sur sa poitrine la croix paternelle, entouré de tous les siens, de ce fils aîné qui demeure notre voisin, de cet enfant d'adoption qui sera toujours des nôtres, de ses collaborateurs qu'il chérissait presque à leur égal, le bâtonnier de 1901 ouvrit à ses confrères la demeure si longtemps désirée que son art ingénieux avait su construire. Son rêve était accompli, nous eûmes le spectacle rare d'un homme complètement heureux.

Fait plus admirable encore, ce bonheur sans mélange connut des lendemains.

Le temps de sa fonction glorieusement écoulé, Danet put se donner davantage à ses clients, ses amis, ses compatriotes, à la Société de Médecine légale qu'il dirigeait, à la Société des Prisons dont il était le vice-président.

Il devait, remis un soir à notre tête, exercer encore la douce influence d'autrefois.

Une décoration bien attendue venait enfin récompenser une des plus nobles vies qui se soient écoulées parmi nous. Le Palais se réjouissait de la célébrer. Mais le nouveau légionnaire avait joué un grand rôle dans une affaire qui nous divisa trop longtemps, et les passions s'étaient vues à ce point déchaînées qu'on pouvait redouter certaines hésitations. Le seul nom de Danet fit le miracle. Il venait présider la fête. Les scrupules des plus timorés tombèrent par enchantement. Tous répondirent à l'appel. Et comme aux plus grands jours de son consulat, le cœur de l'ancien bâtonnier s'épanouit dans l'allégresse unanime d'une famille réconciliée.

Le bonheur n'a qu'un temps. Danet ressentit les premières atteintes du mal qui devait l'emporter. Sa tendre délicatesse voulut en garder le secret. Il craignait d'alarmer son cher entourage. Il remplit tous ses devoirs jusqu'au bout, excusant ses inévitables défaillances par des prétextes toujours étrangers à sa santé.

Le mal empirait. Le 14 décembre il voulut présider le banquet de la conférence Berryer dont il était le fondateur. Tous les ans il venait retremper sa verte maturité dans l'effervescence d'une jeunesse respectueusement familière. Ce fut son dernier plaisir.

Quinze jours avant de mourir il revêtit une fois encore sa robe devenue trop large : souriant aux confrères atterrés qui le reconnaissaient avec peine, il monta l'escalier de la 5e Chambre et prononça devant la Cour saisie d'une silencieuse angoisse ses ultimes paroles professionnelles. La confirmation sollicitée fut obtenue. C'était sa dernière victoire.

Epuisé par cet effort, il rentra péniblement dans cette maison aimée dont il ne devait plus sortir vivant. La mort devenait pressante. Abandonnant enfin son héroïque contrainte, il réunit les êtres chéris, leur ouvrit son âme et leur fit ses adieux. Puis, soutenu à son tour par un de ces prêtres dont il fut souvent l'appui aux heures d'épreuve, il s'endormit, tranquille, dans les espérances de la foi.

Vous savez ses funérailles. Il s'y rencontra tout ce que Paris connaît de grand et d'illustre. On vit aussi des obscurs et des humbles que Paris ne connaissait pas. C'était la foule des petits qu'il avait obligés, venant pleurer leur bienfaiteur.

L'armée, ce jour-là, ne voulut en rien le céder à nos robes. Ses plus grands chefs tinrent à honneur d'accourir pour partager notre deuil. Et les tambours, voilés de crêpe, vinrent, par leurs roulements funèbres, saluer le dernier sommeil de celui qu'ils avaient tant de fois éveillé dans son berceau.

Un milieu plus paisible vit naître et grandir MARCEL REBOUL. Son père et son grand-père s'étaient succédé au Secrétariat de l'Ecole de Droit. Sa jeunesse s'écoula dans ce temple dont Bugnet était alors le grand-prêtre. Le célèbre juriste se prit de tendresse pour l'enfant de la maison. Après s'être intéressé à ses études classiques poursuivies dans la maison voisine, à Sainte-Barbe, avec un succès que le Concours général venait consacrer, il s'empara du jeune bachelier, devenu son élève, et, non content d'être son professeur, se fit son répétiteur. Le travail était rude ; la récompense l'était encore davantage. Un séjour dans son domaine de Franche-Comté était le prix décerné par Bugnet aux plus méritants de ses élèves. Reboul dut s'y rendre ; ce fut terrible. Il fallait parler droit du matin au soir et lorsque dans la journée le maître, revêtu d'un éternel habit noir, emmenait enfin ses hôtes à pied dans la campagne, c'était pour découvrir une servitude rurale, rechercher dans les haies ou sur le bord d'un fossé, le caractère mitoyen.

Reboul connut heureusement des passe-temps plus doux. Une grande partie de ses vacances s'écoulait chez un de ses cousins, en Brie, au château de la Grange. Il y rencontrait trois parents, dont l'heureuse influence, en achevant de lui développer l'esprit, décida sa carrière.

Labiche, d'abord, le vaudevilliste académicien,

qui a fait la joie de trois générations ; à son contact il gagna cette humeur aimable et cette piquante façon de conter qui donnaient à sa causerie un si grand charme.

C'était Flandin, membre du Conseil de l'Ordre à trente-cinq ans, puis magistrat, député, conseiller d'Etat, poursuivi dans ses diverses fonctions par l'éternel remords d'avoir quitté notre robe à la veille d'un bâtonnat presque certain, et, avec lui Delassalle, que Rousse a proclamé un des hommes les mieux nés pour le Barreau.

Emu des regrets de l'un, séduit par la situation brillante de l'autre, Reboul n'eut plus qu'une idée : se faire avocat. Son père résistait. Il voulait léguer à son fils le poste honorable dont il avait hérité lui-même. Delasalle obtint de prendre à l'essai le jeune licencié. La tentative fut heureuse ; les leçons du patron, l'exemple de Félix Lacoin, attaché au même cabinet, devaient porter leurs fruits. En 1869 l'heureux transfuge de l'Ecole concourait pour le Secrétariat et obtenait d'emblée la seconde place sous le Bâtonnat de Grévy.

L'année devait finir pour lui comme pour tant d'autres, moins bien qu'elle n'avait commencé : Au mois de juillet, son discours presque terminé, se demandant s'il le prononcerait jamais, Reboul quittant sa mère devenue veuve, allait, sous la capote du mobile, faire tout son devoir. Son excessive modestie refusa de dépasser le grade de sergent.

Le Siège, la Commune prirent fin.

Quand nos anciens se réunirent, cherchant comme l'a dit l'immortel Bâtonnier de 1871 « leurs souvenirs brisés, leurs amis dispersés, se cherchant eux-mêmes au fond de cet abîme de maux », Reboul ne trouva plus son maître ; Delasalle avait été enlevé par la maladie, le jour du désastre de Reichshoffen. Son remarquable éloge de Marie avait attiré l'attention. Sa bonne étoile le dirigea vers le cabinet de Magnier, un avocat de grand talent, dont le cœur égalait l'intelligence, et qu'une mort prématurée a seule empêché d'atteindre au rang suprême. Auprès de ce patron, aussi bienveillant qu'occupé, Reboul conquit très vite de fidèles amitiés, de sérieuses clientèles. Sa science du droit, son étude approfondie des dossiers, l'élégance alerte de sa parole faisaient de lui un avocat complet.

Il aimait notre vie, nos réunions familières. La salle des Pas-Perdus le retenait. Il ne se décidait à la quitter qu'au bras d'un confrère, souvent illustre, dont l'entretien prolongeait son plaisir préféré.

D'un sens droit, d'une scrupuleuse délicatesse, il a toujours fait preuve d'un désintéressement absolu. A la mort d'un confrère, il tint à plaider toutes les affaires que ce départ laissait en souffrance pour en remettre intégralement les honoraires à la veuve.

Tant de qualités le désignaient à nos suffrages. Il entrait au Conseil sans effort, aux élections de 1894, et prenait une influence dont le souvenir n'est pas effacé.

Nous reverrons souvent par la pensée ce corps demeuré jeune et mince, ces traits légèrement tourmentés, ces fortes lèvres qui s'ouvraient facilement au rire, ces favoris classiques, ces yeux noirs dont l'éclat métallique se tempérait d'une teinte très douce.

L'été venant, à l'époque où nous commençons à ressentir la fatigue, Reboul apparaissait, le visage couvert d'une barbe rude, comme laissée en souffrance par une grave maladie. Nous n'éprouvions aucune inquiétude, c'était au contraire un spectacle réconfortant, l'annonce des vacances prochaines.

Pendant ces heures bénies, Reboul aimait à redevenir le véritable artiste qu'il était. Oublieux de la procédure, secouant la poussière des dossiers, métamorphosant jusqu'à sa physionomie, il fuyait vers les saules que son pinceau, longtemps dirigé par Bergeret et Harpignies, excellait à reproduire dans de délicieuses aquarelles. Ce plaisir si vif, il ne se l'accordait que pendant un mois. L'autre appartenait à sa mère. Pour ne jamais la quitter il avait renoncé à la joie de se créer une famille et, lorsque, presque centenaire, elle lui fut ravie, malgré les tendres affections dont il était entouré, nous le vîmes vieillir, puis tout à coup disparaître. Il allait la rejoindre ; la séparation avait duré trois ans.

La semaine d'après emportait à sa suite un de ses plus vieux amis.

Par une froide matinée de janvier, nous allions dans ce quartier tranquille que les tours Saint-Sulpice couvrent de leur ombre, chercher EMILE TOURSEILLER, pour le conduire à sa dernière demeure.

La rue était discrète ; modeste et fière à la fois, la façade du petit hôtel qui avait abrité Lacordaire et où notre confrère venait de mourir.

En pénétrant nous étions frappés de l'art sobre, du goût sûr qui avaient meublé le logis ; nous sentions l'harmonie qui régnait entre le cadre et le sujet, entre la maison et son maître. La vie de Tourseiller fut digne, noble et calme. Son père, issu de ce plateau central qui fut le rempart de la France, avait pendant un demi-siècle tenu parmi nous un important emploi. De ses deux frères, l'un était encore l'an dernier le président honoré de la Chambre des avoués à la Cour ; le plus jeune, avocat comme lui, était parti le premier, le 4 octobre 1904.

Celui dont nous déplorons aujourd'hui la perte

figurait à notre tableau depuis 1867. En arrivant au Palais, il dut, à l'influence paternelle, d'entrer dans le cabinet d'un confrère dont la mort devait suivre la sienne de bien près. Emile Salle occupait au Palais une place que son talent et son caractère devaient rendre plus brillante encore. En 1891, le cœur brisé par la perte d'une fille chérie, il s'éloigna de nous, estimant qu'il restait assez des nôtres en laissant à l'Ordre ce fils si justement aimé qu'il eut l'orgueil de voir entrer au Conseil. Une règle inflexible nous prive de lui rendre les honneurs officiels ; mais puisqu'une triste circonstance nous permet de passer devant sa tombe, nous la saluerons avec respect. Elle renferme un avocat éminent qui fut aussi un grand homme de bien.

A cette école qui venait parfaire les tendances ataviques, Tourseiller fut bientôt en état de porter les plus lourds fardeaux. L'éducation de cinq enfants, le charme de son foyer, son extrême réserve, peut-être aussi le caractère bruyant de la clientèle que l'Auvergne adressait à son père, et dont il eût hérité, le portaient à choisir parmi les dossiers qui s'offraient à lui. La sélection fut toujours heureuse ; ceux qui plaidèrent contre lui se rappellent l'adversaire vigoureux et distingué qu'ils eurent à combattre, tous gardent de cet homme charmant, de ce fidèle ami du Palais, un souvenir vivement ému. Notre respectueuse sympathie s'offre à la douleur de cette famille nombreuse qu'il aimait tant et dont quelques heures suffirent à l'arracher.

Presque à la date d'aujourd'hui (il était entré dans l'Ordre le 24 novembre 1849) Beaume devait célébrer ses noces de diamant professionnelles. Il nous eût été bien doux de porter à sa personne l'hommage que nous ne pouvons plus rendre qu'à sa mémoire.

Il nous a quitté le 11 mars, suivant de quelques heures seulement dans la tombe celle dont l'affectueux dévouement ne put lui faire oublier la douleur commune, la perte d'un fils unique de 15 ans, emportant les plus chers espoirs.

A peine sorti du collège, il entrait dans cette fameuse école d'administration fondée en 1848, dont on peut regretter la durée éphémère ; ses rares élèves devinrent tous de brillants serviteurs du pays.

Inquiété sans doute par les vicissitudes qui troublèrent la France à cette époque, Beaume vint demander au Barreau une laborieuse tranquillité. Ses origines le prédestinaient à défendre les œuvres de l'esprit. Son père, peintre de grand talent se survit dans nos musées où ses tableaux, traités dans la manière de Greuze, charment les connaisseurs. La propriété intellectuelle fit d'abord l'objet de ses travaux préférés. Non content de plaider avec une compétence remarquable, de nombreux procès de contrefaçon, il publiait dès 1854, en collaboration avec son habituel contradicteur Etienne Blanc, un Code général de la propriété industrielle, littéraire et artistique que devait compléter, en 1895, un code pratique de l'inventeur breveté, rédigé avec le concours de notre excellent confrère Eugène Dumont.

Ses travaux l'amenèrent à faire partie de la Société des gens de lettres, de la Société des Auteurs dramatiques, à la Vice-Présidence de la Société fondée par le baron Taylor pour venir en aide aux peintres, sculpteurs et musiciens.

Une autre branche du droit préoccupa Beaume ; la juridiction cantonale sous tous ses aspects. Directeur pendant un demi-siècle du *Journal des Justices de Paix*, il y dépensait un effort personnel considérable. Une suppléance au Xe arrondissement fut sa modeste récompense.

Jugeant souvent, plaidant beaucoup, écrivant encore davantage, Beaume vit s'écouler au Palais une vie justement honorée. Plus heureux que beaucoup d'autres qui l'attendent toute leur vie, il connut les joies de la grande Affaire, celle dont l'éclat tient beaucoup moins à son importance qu'aux personnages qu'elle met en scène, qu'aux grands ou petits scandales qui peuvent en découler.

Par extraordinaire la sienne comportait une intéressante question de droit. Le divorce d'un compositeur célèbre avait été prononcé, la liquidation ordonnée. Son œuvre artistique faisait-elle partie de la communauté ? Beaume plaida avec son calme et son talent coutumiers. Mais l'adversaire ayant été amené par les nécessités de sa discussion à stigmatiser ce que sa voix vengeresse appelait « les flonflons démodés de l'opérette », nous vîmes avec surprise le défenseur du mari ressentir une indignation qui ne lui était pas habituelle. La cause nous en fut bientôt révélée. Le trait n'avait pas seulement touché l'avocat ; il atteignait l'homme dans sa fibre la plus sensible : l'amour-propre d'auteur. Beaume qui poussait l'astuce jusqu'à se dissimuler sous le pseudonyme de Beaumont, avait, de concert avec Nuitter, écrit plusieurs livrets charmants, entr'autres *Le Cœur et la Main* que son client Lecocq avait mis en musique, vous savez avec quel succès.

Nous apprîmes du même coup qu'il était l'auteur de nombreux opéras, opéras-comiques et ballets.

Ce fut une révélation inattendue. Comme les apparences sont trompeuses ! Il nous avait fallu cet incident d'audience pour connaître tout un côté de la vie de Beaume, pour découvrir un poète, un homme de théâtre, un Parisien des plus affinés, chez celui que ses allures menues et sa redingote un peu longue eussent fait prendre aisément pour un jurisconsulte de province.

Pareille méprise était impossible avec ALBERT LE BRASSEUR ; tout en lui décélait la race : l'attitude, l'accent, le regard. Son état-civil n'apprenait rien à personne en proclamant qu'il était né à Paris ; mais il semblait mentir en prétendant que ce fut en 1833. Jusqu'à ces deux dernières années, sa taille était restée droite et svelte, presque sans rides, son visage d'une expression si particulière. Un front élevé, un nez très fin, une bouche délicatement dessinée se complétaient de deux yeux vifs auxquels une arcade sourcilière profonde et des pommettes saillantes faisaient un cadre peu banal.

Ses débuts furent faciles. Inscrit à notre Ordre le 10 juillet 1858, il plaidait quatre ans après aux côtés de Berryer pour les ouvriers typographes, une affaire qui provoqua la réforme de la loi sur les coalitions.

Particulièrement goûté des artistes — Le Brasseur maniait lui-même délicatement le pinceau — il vit affluer à son cabinet les peintres, les sculpteurs, le monde de la presse et des théâtres. Son talent, fait de précision, d'élégance et de vie, devait attirer de plus lourdes clientèles. De nombreuses sociétés financières firent appel à ses conseils et le Ministère des Travaux Publics le choisit pour avocat. Il sut prendre dans son fameux comité une autorité considérable.

Tant de mérites éprouvés l'amenèrent tout naturellement au Conseil où, de 1887 à 1891, il fit apprécier encore davantage, avec l'élévation de sa pensée, la rectitude de son jugement. Une humeur toujours égale, un esprit étincelant le faisaient rechercher dans nos réunions, dans le monde, dans les cercles qu'il abandonnait joyeusement, les vacances venues, pour revoir l'Espagne, Florence, plus souvent encore Venise, sa passion.

Vinrent les deuils et la souffrance ; il les supporta courageusement soutenu par l'affection dévouée que lui portaient sa fille, le fils qu'il avait trouvé dans ce gendre excellent qui, après avoir reçu un sérieux avancement d'hoirie, recueille aujourd'hui toute l'estime et l'affection que nous avions pour son beau-père.

Si le corps était frappé, l'âme restait entière. Le Brasseur conserva l'énergie morale, l'élégance, la verve même des jours heureux. Son testament le prouve, voici ce qu'il écrivait aux approches de sa fin :

« Aussitôt après ma mort, aviser individuellement mes intimes. En informant le bâtonnier, le prévenir que je renonce aux honneurs traditionnels de la députation et des discours sur ma tombe, non pas, certes, que je fasse fi de l'hommage de mes confrères, mais je veux charitablement leur épargner une corvée, souvent très pénible par le mauvais temps.

« Il ne sera pas envoyé de lettres de faire part, cette sorte de mise en demeure adressée aux indifférents pour les inciter à s'associer à un deuil, m'a toujours paru déplacée. Quant aux fleurs, je les ai trop aimées de mon vivant pour les proscrire, et puis, ce sera plus gai. »

L'homme se retrouve tout entier dans ces quelques lignes : Le Brasseur fut Parisien jusque dans la mort.

Un marbre admirable fait revivre pour sa famille, l'ovale si pur du visage de SUIN. Seule la pâte de Saxe pourrait, en une gracieuse figurine, rappeler son élégante silhouette d'abbé de cour.

Fils d'un avocat de Soissons, qui fut député de l'Aisne dans les dernières années de la Monarchie de Juillet, avocat général à la Cour de Paris en 1848, et sénateur de l'Empire, Suin pouvait suivre avec succès la seconde carrière de son père, la magistrature. Séduit sans doute par l'exemple de son compatriote Paillet, il préféra choisir la première et se fit inscrire au Barreau avec le patronage de l'illustre bâtonnier.

Modeste à l'excès, il redoutait l'effort, les responsabilités, le bruit. Négligeant les clientèles que l'influence paternelle pouvait lui ménager, il n'en rechercha qu'une, celle des pauvres, et pendant vingt années, le bureau d'Assistance judiciaire n'eut pas de membre plus assidu ; il y prodiguait son cœur. Son esprit brillant se dépensait à l'ancienne parlotte, à la salle des Pas-Perdus, où un cercle d'amis se pressait pour écouter ce causeur charmant, cet érudit, cet artiste, fervent admirateur des classiques, habitué de la Comédie-Française. Mais le meilleur de l'un et de l'autre appartenait à sa famille où Suin goûtait un bonheur sans mélange auprès d'une femme d'un rare mérite et d'enfants d'autant plus chers qu'ils avaient été longtemps attendus.

Sa santé déjà chancelante devint tout à fait mauvaise. Ses apparitions au Palais se firent de plus en plus rares, il nous quitta le 9 mai dernier, après cinquante-huit ans d'une constante fidélité.

Son incorrigible discrétion ne laissa pas mon prédécesseur lui rendre hommage de cette voix éloquente qui fut tant de fois l'admirable interprète de nos douleurs. Il devra se contenter de l'adieu profondément ému que lui adresse le fils d'un homme qui l'a beaucoup aimé.

Charles de Cumont figurait sur notre tableau depuis le 1er mai 1852 ; il fut, dit-on, en des temps lointains, l'hôte assidu de notre bibliothèque ; puis il devint invisible, bornant au paiement de ses annuités l'exercice de la profession.

Elle serait ingrate de ne pas accorder un regret au confrère qui lui témoigna tant d'années un amour si platonique.

La passion qu'elle sut inspirer à SALSAC avait un caractère plus ardent. Jusqu'à la fin, malgré ses 77 ans, il plaida d'innombrables affaires. D'une courtoisie et d'une correction parfaites, le vieux Vendéen ne redoutait pas la guerre d'embuscades, mais à l'encontre des avocats dont les yeux cherchent à séduire le juge ou à foudroyer l'adversaire, Salsac, comme ses ancêtres, aimait à combattre en regardant le ciel.

Ses convictions religieuses n'altéraient en rien sa gaieté ; il aimait la jeunesse, se souvenait volontiers qu'il avait chanté Béranger et fréquenté Nadaud.

Les tribunaux fermés, Salsac gagnait en hâte les Sables-d'Olonne où l'attendait une petite maison basse, aux fenêtres étroites, d'aspect conventuel, dont la façade blanchie à la chaux disparaissait presque dans l'étreinte d'une glycine indomptée.

C'est là qu'il était né. C'est là qu'il vint finir le 26 août 1909. La mort, bien que venue subitement ne put le surprendre ; il avait arrêté ses dernières volontés. Elles attesteraient encore, si ce n'était inutile, la charité qui fut la règle de sa vie. Plus de quarante-trois personnes se trouvent gratifiées. L'Ordre n'a pas été omis. Il reçoit un legs important.

Je vous demande de me suivre un instant dans une commune pensée, vers ce cimetière de pêcheurs, battu par le flot, raviné par les tempêtes où repose notre excellent confrère, pour lui porter l'hommage de notre reconnaissant et affectueux souvenir.

La mort n'a pas frappé que les vétérans. Bien d'autres et des plus jeunes ont dû payer le sinistre tribut.

Ce furent d'abord trois stagiaires : Gaston Azoulay, connu surtout par sa triste fin, il périt en mer au naufrage de la *Ville d'Alger* ; Jean Cruet, déjà remarquable dans sa vie. Docteur en droit, licencié ès-lettres, diplômé de l'Ecole des Sciences Politiques, assidu au Palais, il donnait les plus belles espérances. Gabriel Artonne, âgé de 26 ans, dont le caractère aimable, la nature prévenante, avaient déjà su gagner au Palais de précieuses affections.

Nous n'avons appris qu'indirectement le décès de Fixon, dont le nom figurait au tableau depuis 1894.

La fin des vacances nous réservait un nouveau

deuil. Fils d'un confrère que la politique n'a pu détourner de nous, MAURICE LABUSSIÈRE nous appartenait lui-même depuis 1898. Ce fut un travailleur que ses plaisirs même ramenaient à l'étude du droit ; pris dès son enfance d'un goût très vif pour la pêche, il choisissait comme sujet de thèse au doctorat « Le dépeuplement de nos cours d'eau « et les moyens d'y remédier ». Tout en plaidant assidûment pour l'assistance judiciaire, il collaborait au journal *Le Pêcheur* et publiait en 1906 un « Petit Code pratique du pêcheur en eau douce. » Cette honnête passion devait pourtant lui être fatale ; au commencement d'octobre, Labussière contractait au bord de l'eau une maladie qui l'emportait en quelques jours à l'âge de 31 ans. Notre profonde sympathie, l'affection de deux fils excellents qui lui restent n'apaiseront pas la douleur de l'infortuné père. Qu'il nous permette du moins de la partager.

LOUIS ROUSSEAU, inscrit le 21 avril 1904, préférait la littérature aux affaires, l'Orient l'attirait.

Il rapporta de ses nombreux séjours à Constantinople des ouvrages qui attestent ses qualités d'observateur et d'écrivain : « L'Effort ottoman », paru en 1906, « Les Relations diplomatiques entre la France et la Turquie », publiées en 1908.

Il préparait une étude sur la Turquie moderne lorsque, le 2 octobre, la mort est venue le prendre entre sa jeune femme et un enfant âgé de 3 mois à peine. Nous les plaignons du fond du cœur.

Sans se laisser griser par ses succès à l'Ecole de droit, DUMONCHEL avait demandé aux études d'avoué et d'agréé une longue préparation qui ne prit fin qu'avec sa trentième année.

Un patronage précieux allait lui permettre de faire valoir, avec les connaissances laborieusement acquises, les réelles qualités d'avocat qu'il possédait déjà. Mais la maladie qui couvait en lui l'emporta avec une rapidité foudroyante ; il n'avait que 34 ans.

Fils d'un juge de paix de Saint-Dié, HENRI CHEVRESSON fut pendant de longues années clerc d'avoué, puis se fit inscrire en 1894. Il fréquenta peu le Palais, consacrant son temps à la rédaction de différentes publications. Les lois nouvelles, le Répertoire Encyclopédique du Droit Français, les Tables perpétuelles de jurisprudence et des textes législatifs. Ses collaborateurs apprécièrent ses connaissances juridiques, ils aimèrent encore davantage sa droiture et sa fermeté.

FÉOLDE, lui aussi, nous était venu tard ; mais l'étude du droit n'en était pas cause. Avant de songer au Barreau, il avait passé par l'Ecole Centrale, en était sorti avec son brevet d'ingénieur. Le chemin de fer du Nord l'avait pris durant plusieurs années ; mais le joug administratif lui paraissait lourd. Très laborieux, il avait pu faire son droit à ses heures de loisir. Il prit la robe en 1885, à l'âge de 35 ans. Ses antécédents le portaient naturellement aux affaires industrielles ; admis dans le cabinet de Huard, il apprit de cet éminent maître les rapports qui unissent la Science et les Lois. Sa puissance de travail était grande. Il écrivit dans les journaux judiciaires, dans les revues, un nombre considérable d'études, attestant la netteté de ses vues, la précision de son esprit mathématique. Il a publié des travaux de plus longue haleine : une Etude sur le contrat de transport, le Commentaire de la Convention de Berne, relative aux Transports Internationaux, un Traité de la loi de 1898 sur les accidents du travail. Cette législation l'intéressait particulièrement ; non content d'en exposer les théories, il en faisait une application constante plaidant sans relâche pour les victimes avec un zèle que rien ne pouvait rebuter. Il leur consacrait ses journées ; le soir venu, il regagnait Fontenay-sous-Bois pour diriger les cours de l'Association polytechnique.

C'est là, dans la chère maison dont les livres qui vont maintenant enrichir notre bibliothèque formaient la seule parure, qu'il devait mourir d'une manière particulièrement touchante.

Frappé de congestion, le soir du vendredi saint, Féolde reprit connaissance le lendemain. Il se sentit perdu. Neveu d'un curé de Saint-Eustache, il avait gardé une piété ardente. Après avoir réglé ses affaires avec calme, il fit appeler le prêtre, puis attendit l'heure suprême en toute sérénité. La nuit s'éclairait des premières lueurs du jour. Les cloches retentirent, annonçant la fête de la Résurrection. Il les entendit ; animé d'un religieux transport à l'idée de quitter la terre le jour de Pâques, il fit cesser les prières des agonisants que récitait son entourage, lui demanda de chanter le cantique d'actions de grâce et rendit l'âme aux accents de l'alleluia.

Une admirable résignation a soutenu EDOUARD GOUJON dans les épreuves que lui réservait la vie. Elles furent nombreuses.

Il venait à peine de débuter ici qu'une chute de cheval lui brisant la jambe droite le tenait une année entière éloigné du Palais et le laissait infirme pour le reste de ses jours.

Il reprit l'exercice de la profession avec un réel courage. A Paris, elle n'exige pas seulement la vivacité de l'esprit, nos couloirs sans fin, nos innombrables étages réclament l'agilité du corps. Son énergie eut raison de ces difficultés ; bien plus, attiré par la sympathie d'une pareille souffrance, il voulut s'intéresser aux pauvres blessés et tint à faire partie du Bureau d'Assistance judiciaire ; il fut aussi un fidèle de la Société de Patronage des jeunes détenus.

Sa conduite méritait une récompense. En 1885 il épousait la petite-fille d'un de nos bâtonniers, la fille de Duvergier, ancien directeur des affaires criminelles au Ministère de la Justice et trouvait, dans la collaboration avec son beau-père au *Recueil des lois*, une occupation digne de son savoir favorable à sa santé. Il put croire un instant au bonheur. Ce fut court ; au bout de deux ans de mariage il perdait presque en même temps sa femme, son beau-père et restait seul.

Une consolation très douce lui fut donnée cependant : l'affection délicate et dévouée d'un de nos plus éminents confrères de la Cour de Cassation, M. Marcel Demonts, aujourd'hui président de l'Ordre. Ils s'étaient connus sur les bancs de l'école, le courage de l'un avait profondément ému le cœur généreux de l'autre. Leur amitié chaque jour plus étroite les réunit dans un même labeur. Pendant dix années ils dirigèrent ensemble le recueil sans qu'un nuage vînt troubler leur cordiale entente.

Le mal qui le minait s'aggravant, Goujon dut abandonner ses travaux juridiques. Ce fut un dur sacrifice. Chaque samedi nous le voyions encore monter péniblement au bureau d'assistance. Ne se faisant aucune illusion sur son état, il conserva devant la mort la même sérénité dont il avait fait preuve toute sa vie. Les vacances de la Pentecôte nous avaient dispersés lorsqu'il finit subitement. L'Ordre ne put lui rendre les derniers devoirs. Ce nous est une raison de nous incliner aujourd'hui davantage devant ce confrère excellent pour qui la vie fut cruelle et de lui garder un fidèle souvenir.

Lorsqu'en 1879, Beesau nous arriva de Rennes, la vie qui se plaît aux contrastes lui donna Beaupré comme patron. Seul le roman espagnol pourrait fournir l'exemple d'une association aussi disparate. La bonhomie de Beaupré était toute ronde et prosaïque, la svelte élégance de l'ancien officier d'artillerie se relevait encore d'enthousiasme et de poésie.

Ils s'entendirent à merveille. Dix années d'exercice dans ces barreaux de province où l'apprentissage est si laborieux avaient préparé Beesau au solide enseignement de son patron. Tout en lui continuant une collaboration assidue, le secrétaire travaillait pour lui-même. Une parenté fidèle lui assura de nombreux dossiers ; il les préparait et les plaidait avec la fougue mélancolique qui était le fonds de sa nature. Elle le portait dans la réalité du côté des infortunes nombreuses qu'il secourait avec une infatigable générosité. Elle le ramenait aux heures de rêve et d'inspiration vers les souvenirs patriotiques et les espoirs religieux.

Le soleil du Midi qu'il affrontait presque tous les ans pour aller cueillir une fleur victorieuse aux jardins de Clémence Isaure, avait réchauffé son âme bretonne ; mais il lui préférait les brumes de l'Océan, flottant autour des calvaires granitiques sur la lande fleurie de genêts et d'ajoncs. Dans ce milieu propice il évoquait les ombres aimées. Ecoutez ces quelques vers de son « Poème des Morts » dédié à notre regretté Louis Perrin :

« Oh ! s'il était permis de partir sur vos traces
Chers disparus pour qui nous prions à genoux,
Comme nous volerions à travers les espaces
Pour chercher l'éternel repos auprès de vous.

« Là du moins plus de pleurs, d'illusions perdues
D'insipides plaisirs aussitôt regrettés
Et nos âmes seraient à jamais confondues
Dans un jour fait de paix, d'amour et de clartés. »

Ce vœu devait être trop vite exaucé, et sa mort inattendue a mis au désespoir une famille dont les regrets sont aussi les nôtres.

A la veille du printemps un pompeux cortège, attestant la reconnaissance de Paris envers ses élus, traversait la cité tout entière pour conduire Gabriel Bertrou à la première étape de son dernier voyage. Les discours se succédèrent, célébrant le confrère, l'édile, l'ami... Les orateurs se turent, les chars s'éloignèrent, la foule se dispersa. Il resta seulement dans une cour de gare, au milieu des passants affairés qui les remarquaient à peine, une veuve et quatre enfants pleurant sur un cercueil.

Le robuste Bourguignon que la mort venait de faucher si prématurément avait, le regard assuré, fort de sa haute taille, soutenu un combat opiniâtre contre la destinée. Après des heures de succès, de triomphe, il était définitivement vaincu.

Sa famille le destinait au notariat, mais l'air renfermé des études convenait mal à sa nature avide de mouvement et de liberté.

Abandonnant du même coup les minutes et la province, il partit à la conquête de la Grande Ville. Il ne croyait pas la porter si loin.

Il vint à nous en 1885. Agé de 27 ans, merveilleusement doué pour les joutes oratoires, il se faisait remarquer dès le début et devint secrétaire en 1888 sous le bâtonnat de Durier. Son mariage l'attachait au Palais par de nouveaux liens. La clientèle se fit nombreuse. Le jeune avocat ne ménageait ni son temps ni sa peine ; il avait particulièrement étudié la matière presque nouvelle des assurances. Sa compétence était reconnue, et presque chaque jour, devant l'une des cours de France il allait défendre les intérêts des Compagnies qui les savaient en bonnes mains.

Un grand procès politique vint, sans éloigner Bertrou du Palais, lui ouvrir une voie nouvelle. Un de nos confrères poursuivi devant la Haute Cour voulut pour défenseur son camarade de promotion, son ami des jours bons et mauvais.,

Bertrou, que les assises avaient révélé comme un lutteur puissant fit belle figure devant ce Tribunal exceptionnel. Sa droiture, sa belle humeur ne purent convaincre ses juges ; elles lui conquirent du moins un siège dans la grande assemblée municipale.

Travailleur infatigable, il s'y dépensa sans réserve, conciliant l'attachement à sa cause avec le dévouement qu'il mettait au service de tous.

Les forces humaines ont des limites. Le double travail passionnément fourni ruinait sa santé. Il se sentit atteint d'un mal qui ne pardonne pas. Jusqu'au bout, pour ceux qu'il aimait tant, il soutint l'effort que trahissaient son corps amaigri et son visage décharné. Il dut s'arrêter et subir l'opération suprême, celle que leur conscience plus encore que leur art impose aux médecins désarmés. Elle ne réussit pas. Son âme courageuse ne craignait pas la mort, mais son cœur d'époux et de père se brisait à l'idée d'abandonner cette famille dont il était l'unique soutien.

Dans la remarquable notice qu'il a consacrée à Reullier, dont la triste fin ressemblait tant à la sienne, Bertrou avait affirmé « ce besoin de sentir des mains amies dans les siennes au moment du départ pour l'éternité ».

Cette consolation du moins lui fut donnée. Les heures qui précédèrent et suivirent ses derniers moments virent à son chevet deux compagnons fidèles que la politique, que l'exil même n'avaient pu séparer. Et la mort que rien n'arrête dut elle-même être surprise en trouvant pour lui résister l'alliance de ces hommes opposés d'opinions, divisés par les croyances, qu'une inaltérable affection contractée sur ces bancs (c'étaient trois secrétaires de la Conférence) avaient unis pour toujours.

Nous n'emporterons pas de cette triste revue que de stériles regrets ; il vous faut, mes jeunes amis, en garder une leçon précieuse.

Les confrères que nous pleurons n'ont pas brillé du même éclat, mais chacun a donné sa note, fière ou modeste, dans cet ensemble du Barreau qui n'est lui-même qu'une partie au concert de l'Humanité.

Ne craignez pas de faire entendre votre voix. Si elle ne peut atteindre la puissance, qu'elle soit juste du moins, et bien timbrée.

La splendeur de nos cathédrales ne rayonne pas seulement dans les tours et les flèches qui s'élancent vers le ciel ; elle réside jusque dans la moindre de ces pierres que le génie patient de l'art médiéval savait orner d'un caractère propre.

Je vous demande d'avoir le vôtre. S'il n'est pas donné à tous de devenir quelque chose, il est permis même au plus humble d'être quelqu'un.

www.ingramcontent.com/pod-product-compliance
Ingram Content Group UK Ltd.
Pitfield, Milton Keynes, MK11 3LW, UK
UKHW021145220726
13924UKWH00003B/1029